AF351562

مُلتحِفون بالأكفان

حيث لكل منّا كفنه الخاص

كتاب	:	مُلتحِفون بالأكفان
اسم المؤلف	:	كيرلس ثروت
نوع العمل	:	مجموعة قصصية ومجموعة خواطر
عدد الصفحات	:	70صفحة
تصميم غلاف	:	هبة إبراهيم
تدقيق لغوي	:	سارة الببلاوي
إخراج فني	:	مريم محمد سيد
رقم إيداع	:	2023/25017
ترقيم دولي I.S.B.N	:	9787156336702

نبض القمة للترجمة

جمهورية مصر العربية ـ القاهرة

مدير الدار: أ/ وليد عاطف حسني

موبايل: 01116058384

الميل: nabdalqima@gmail.com

مُلتحِفون بالأكفان

حيث لكل منّا كفنه الخاص

كيرلس ثروت

إهداء

أهدي هذا العمل إلى تلك التي وقفت بجانبي حتى انتهيت منه، ولم تتركني بعدها، بل هي دائمة التواجد معي، إلى تلك التي لم تخشى بشاعة الحُطام، واقتربت لتلملم بقاياي، أمسكت بيدي، واجتذبتني من الوحل، وأخذت ترممني لتُخرِج من أطلالي شخصًا جديدًا أقوى من ذاك الذى تحطم

إلى تلك التي لم تتخل عني حينما فعل الجميع، إلى تلك التي آمنت بي في وقتٍ كفر فيه الجميع بقدراتي، إلى صاحبة الفضل الوحيد، تلك الوفية التي تستحق الشكر والثناء، تلك التي تقف أمامي كل يومٍ في المرآة، إلى نفسي العزيزة.

مقدمة

مازال القطار يسير بنا نحو الدمار، ومازالت أيامنا تمضي بنا نحو قبرُنا المُنتظَر؛ فلابد للإنسان أن يتألم ويشرب مما تُعد له الدنيا من كؤوس الألم، ويستمر في عذابه هذا إلى أن يرتوي من كل العذابات، وينتهي به الأمر في التابوت!

لذا أتوجه بكلماتي هذه التي بين صفحات الكتاب، لأولئك الذين يريدون معرفة الحقيقة رافضين الالتحاف بأكفان الوهم، تلك الأكفان التي يُطلق عليه المُغفلون "أملًا"!

أتقدم بكلماتي هذه لأولئك البائسين الذين يُريدون التعايش مع بؤسهم ويتلذذون بمرارة الحياة التي يعيشون فيها، رافضين أن ينتظروا شيئًا جيدًا، مُدركين بأنه لم يبقَ فيها شيءٌ جميل!

إنها ليست مقدمة كتابٍ فحسب؛ بل هي تحذير!

فاحترس يا صديقي الإنسان أن تقرأ تلك الكلمات، إن كنت واحدًا من أولئك الذين يعيشون على الأمل الكاذب، ويلتحفون بأكفان السراب، أنا لن أعطيك من التفاؤل مِثقال ذرة؛ فإذا أردت أن تأخذ جُرعاتٍ كاذبة من التفاؤل، وليس لديك الشجاعة للتعايش مع ألآمك والاعتراف بها، فلتغلق هذا الكتاب؛ إنه فقط للقلة القليلة الذين قرروا التحرر من الأمل، ومواجهة جهنم الدنيا على حقيقتها!

قطار خط الزمن

ها أنا شاب في العشرينات من عمري قضيت ثلاثة أرباع ما حييته من أيامٍ أتذوق الحزن وأتغذى على البكاء، كنت ومازلت صديقًا جيدًا للكآبة والبؤس، فأمست حياتي حفلةً لا تسمع فيها سوى أصوات البكاء، ولا تُعزف على مسارحها سوى ألحان الدماء؛ لذلك فيمكنك أنت تدعوني بالأستاذ "نكره"!!!

أسكن هنا في مدينة الموت تلك المدينة التي لا تصمت فيها أصوات الصرخات أبدًا، ولا تدخل أي شارع من شوارعها؛ حتى تشم رائحة البكاء والدموع وترتشف من كؤوس الألم...!

بينما كنت في زيارةٍ لأحد الموتى الذين عزّ فراقهم عليَ في هذه المدينة، وقفت أمام قبرِه ودعوت له بالرحمة، ثم رفعت نظري إلى السماء ودعوت الله أن يخترق ظلام الحزن من أنسجة قلبي ويبعث بداخله نوره المقدس، وأن أصل إلى السعادة في طريق حياتي قبل أن أستقر هنا في القبور مع من سبق عليهم قضاء الله؛ فسمعت صوتًا عاليًا خارجًا من أحد القبور يملئ المكان، شعرت بأنه يحاوطني من كل جانبٍ وقال لي بثقةٍ

"ما تبحث عنه هو من ضمن خيالات الإنسان ولن تصل إلى شيءٍ مفقود" وأخذ يُكرر "لن تصل إلى شيءٍ وهمي"

ارتجفت واضطربت مشاعري مما وقع على أُذني من كلماتٍ، نظرت خلفي وعلى يميني ويساري وبكل جانبٍ فلم أرَّ أحدًا!

صرخت متسائلًا بهذا الصوت الذي يحيط بي ولا أستطيع تحديد مصدره!

من أنت...؟!

فضحك وأجابني: أنا من كنت من قبلك موهومٌ بنفس أوهامك وعِشت خيالاتٍ تفوق خيالاتك، والآن استقر هنا بين القبور.

فسألته معترضًا:

ماذا تقصد..؟!

هل تعني بكلامك أن السعادة وهمٌ ...! ألم تصل أنت إلى السعادة بعد سعيك في الحياة؟

ألم ترتاح في النهاية بعد تعبك في بداية حياتك...؟!

تحدث إليَّ بنبرةٍ بها شيئًا من الاستهزاء، وكثيرًا من الشفقة قائلًا:

مثلك مثل البقية الذين ما زالوا على قيد هذه الحياة لم يدركوا الأمور بعد، مستمرون في الأمل الكاذب، بأنهم سيرتاحون يومًا ما وبأنهم سيصلون إلى السعادة في هذه الحياة!

فسالته بشيء من الدهشة وكثيرٍ من الخوف:

أليس هذا الذي من المفترض أن يحدث؟

أليس بعد كل فجرٍ هناك شمسٌ ستشرق من جديد؟

أليس بعدما تعبنا كثيرًا في البداية سنرتاح فى النهاية؟

رد قائلًا:

"يا لسذاجة تفكيرك، وطفولية توقعاتك...! يؤسفني أن أخبرك بأنك ستتعب كثيرًا في البداية، ولكنك ستستمر تتعب إلى النهاية يا بني، وأما هذا الفجر الذي تتحدث عنه هو الفجر الأخير وهذه الشمس التي تنتظرها لن تشرق أبدًا، وتلك الراحة لن تجدها أبدًا ما حييت..!"

ثم اكمل حديثه قائلاً:

لقد ركبنا قطار خط الزمن منذ يوم ولادتنا وأخذ يسير بنا دون توقف منذ الصغر، تتعاقب الأيام وتتوالى الأعوام، ونحن جالسون على مقاعدٍ قد صنعناها لأنفسنا من أوهام العقل، جالسون نُربى خيبتنا متسربلين بثياب البؤس، مستلقين على وسائد الآلم، يحيط بنا غباء ظنوننا وتصوراتنا المشوهة للأشخاص والأشياء من حولنا، والتي سرعان ما صُدمنا بعكسها تمامًا، فما كنا نظنه يمينًا وجدناه يسارًا، لكنه أجاد التمثيل في دور اليمين، وما ظنناه حقيقة اكتشفنا أنه ما كان إلا زيفًا متشبهًا بها، فرأينا وعشنا مع صاحب المبدأ وهو في الأصل منافق، والشريف وفي الأصل هو لص، ورأينا بذات أعيننا رجال الدين، وهم يتاجرون ويستغلون سلطتهم الدينية؛ لتحقيق مصالحهم الدنيوية الخاصة؛ فحتى أصحاب الأخلاق قد تمكنت منهم البلادة والسفاهة، ومن ظنناهم أبطالًا كانوا في الأصل جُبناء!

صُدمنا فأدركنا مدى سذاجة توقعاتنا وظنوننا بالأخرين!

تجلس أمامنا الخيانة أمام وجوهنا يكبر حقد البعض، وكلما سرنا في طريق الزمن، نقابل كل يومٍ أنواعًا مختلفة من الكذب، وأشكالًا متعددة من النفاق، نرى الكثير من الأشخاص متعددي الأوجه، الذين دومًا ما يتلونون ويغيرون وجوههم، وقد كنا نتحمل هذا كله؛ طمعًا بأن نصل إلى السعادة في نهاية هذا الطريق.

ولكن أحيانًا كثيرة كانت تصيبنا عدوى كل هذا؛ فكنا أوقاتًا نكذب مع الكاذبين وننافق البعض مع المنافقين، ونغير وجوهنا مع أولئك الذين يغيرون وجوههم، نعم كنا نفعل ذلك؛ لم نكن ملائكة؛ فبداخل كل إنسانٍ خير هناك شيءٌ من الشر، وبداخل كل شرير هناك شيءٌ من الخير!

لكن والله ما كنَّا نفعل الشر رغبةً منَا في فعل الشر أو حباً فيه؛ إنما نرتكب شرورًا دفاعًا عن أنفسنا حتى نتمكن من الاستمرار في رحلتنا مع من يتخذون إبليس قدوةً لهم في كل شئونهم!

وأحيانًا أخرى كنا نسعى؛ لتدمير البعض حتى لا يقفوا بطريق حياتنا!"

تغيرت ملامح وجهي وسألته:

"أحقًا يمكن للإنسان أن يفعل ذلك بالإنسان الآخر حتى يحقق مبتغاه من الحياة؟!"

فأجابني مفسرًا:

نعم لا تتعجب معظمنا في الواقع يفعل ذلك إذا تحتم عليه الأمر، ومعظمنا سيختار مصلحته حين يُسَاوَم عليها، لكننا جميعًا نحب أن نظهر أمام أنفسنا بمظهر الملائكة حتى وإن حوينا بأنفسنا جميع الشرور وكنا في الواقع ننام محتضنين إبليس على وسائدنا، فلا نستطيع مصارحة أنفسنا بذلك، وسننكره في أغلب الأحيان ...!

فلا تتعجب أحيانًا يكون على الإنسان تدمير الإنسان الآخر قبل أن يتمكن الإنسان الآخر من تدميره؛ وهذا ما تُمليه علينا غريزة البقاء.

اعترضت قائلًا:

ولكن هذا قانون الغاب ولا يجب أن نطبقه في حياتنا!

فأجابني:

وما الحياة إلا غابة، وحين يتعلق الأمر بحياتك يجب أن تدافع عنها بكل قوةٍ ومكر، حتى إن وصل الأمر لتدمير من يريدون تدميرك.

ثم استأنف حديثه:

وظللنا هكذا في قطار خط الزمن نضل مبادئنا مرةً، ونهتدي إليها مرات، كنا نقع في بئر المتناقضات دومًا، كل حياتنا عبارة عن متناقضاتٍ من المعتقدات والأفكار والمبادئ، ينهش بعضها في بعضٍ ويتقاتل البعض دفاعًا عنها، والبعض ينحازون اليوم إلى شيءٍ وغدًا إلى نقيضه؛ لا تستغرب لقد أصبحوا هم أنفسهم متناقضون مع ذوات أنفسهم!

سألته ولم تصل إلى الراحة بعد كل هذا..؟

فأجابني:

كل هذا ولم نتوقف عند محطات الراحة سوى بضع دقائق معدودات، ولو سار الحظ معنا نستمر لبعض الساعات، ثم لا نلبث أن نعود إلى مقاعدنا، مقاعد الألم، تنتظرنا الخيانة أمام وجوهنا ونلبس مرةً أخرى ثياب الحزن، تلك الثياب التي اكتسينا بها منذ ولادتنا!

ونحن نتحمل كل هذا بصبرٍ وتجلٍد كبيرين؛ إذ أننا نظن بأن وجهة هذا القطار هي السعادة التي نسعى إليها ونحلم بالوصول لها قبل الموت، وما من وجهةٍ أخرى حلمنا بها وتحملنا كل ذلك طمعًا في الوصول إليها.

وغفلنا عن حقيقةٍ واحدة، وهى أننا نركب قطارًا يسير في خط الزمن، وبأن هذا القطار يسعى بنا إلى وجهةٍ أخرى!

لم ندرك ذلك حتى لحظاتٍ قليلة قبل الوصول إذ أدركنا بأن خط الزمن الذي يسير به القطار قد انتهى وعند انتهاء خط الزمن كانت نهاية حياتنا...!

فلم تكن الوجهة التي كنا متجهين إليها هي السعادة كما توهمنا إنما كانت هي الموت المُحتَم!

نعم كانت تلك السعادة التي حلمنا بأن نصل إليها خيال، وهذه الوجهة التي تسير نحوها الأيام ولطالما حلمنا بها كانت هي الفناء من الدنيا، فاستوعبنا بأننا تحملنا كل مشقات الحياة كي نموت في النهاية!

وأما السعادة فهي شيء مفقود كنا نبحث عنه ونسينا حقيقة الطريق الذي نسلك، وبينما نحن نسعى في الحياة للوصول إليها كنا نفقد حياتنا شيئًا فشيء؛ إذ كانت تمضي بنا الأيام وتسعى لإتمام القضاء المُحتم علينا...!

لذلك اذهب يا بني من هنا؛ لا يوجد كهذا الذي تدعوه "سعادة"، فلتكمل رحلتك في قطار خط الزمن بسلام, ولا تبحث عن شيءٍ لا وجود له؛ كي لا تُصدم بنفس صدمتنا حين اقتربنا من وجهةٍ ظنناها الراحة والفرح، فكانت موتًا مُنتظر؛ وما أبشع أن تنتظر شيئًا عمرًا بأكمله، ثم تجده في النهاية شيئًا آخر!

أنهى حديثه، وانتهت معه أوهامي، وشبّ صراعٌ عميق بين خلايا دماغي فانقسموا إلى فريقين أحدهما يُدافع عما كان يعتقده من أوهامٍ، والآخر لا يقوى على إنكار ما سمعه من حقائقٍ تتعارض معها وتناقضها حتى ارتبك عقلي واضطربت جميع معتقداتي عن السعادة والحياة، فتركت القبور ومشيت عائدًا إلى حياتي البائسة، وبدأت أفحص وأفكر حتى أدركت حقيقةً الطريق الذي أسلك،

طريق الحياة الذي نسير به نحو الموت..!

هل حقًا بأمر الله؟!

كان الشيخ سليم من سكان مدينة القاهرة، وهو رجلٌ متوسط القامة في الخمسينات من عمره يغزو الشيب معظم لحيته، في صباح أحد الأيام بينما كان ذاهبًا إلى عمله، كالمعتاد دومًا مرّ في طريقه من أمام مبنى سفارة الولايات المتحدة الأمريكية، وبينما هو ماشيًا على بعد أمتارٍ من المبنى إذ فجأةً بصوت انفجار شديد يخترق أنسجة أذانه اختراقًا، وكاد أن يفتك بها فتكًا!

نظر حوله في ذهولٍ؛ ليجد الناس تجري إلى السفارة حيث منبع الصوت؛ لترى ماذا حدث؟!

إنه تفجيرٌ إرهابي تم بمبنى السفارة!

اقترب الشيخ سليم ببطءٍ ودخل المبنى ليجد قرب الباب شابًا في العشرينات من عمره ملقى على الأرض، تحيط به دماءٌ يمكنك أن تشعر بصراخها يزلزل أعماقك!، كان الشاب ممسكًا بملفٍ ورقي قد تلطخ بالأحمر! اقترب الشيخ ومسكه، ليجدها أوراق وتحاليل خاصة بوالدة هذا الشاب؛ على ما يبدو أنه كان بالسفارة ينهي أوراق السفر الخاصة بعلاج والدته بالخارج، فبأي ذنبٍ مات هكذا غدرًا!

دخل إلى المبنى ومشى بضع خطواتٍ؛ ليجد سيدةً شابة غارقة في دمائها ملقاةٍ على الأرض وهي تحتضن رضيعها ورأسه قد انفصلت عن جسده وتدحرجت على الجانب الآخر، وبين رأسه وجسده الذي تحتضنه الأم المقتولة دماءً تصرخ وتملئ المكان! فبأي منطقٍ يُقتل بريءٌ هكذا!

بين كل هذه الفوضى وهذه الدماء والبكاء وأصوات الصرخات التي خيمت على المكان سمع صوت ضحكٍ يأتي مُن خلفه، التف

لينظر فرأى شخصًا غريب الأطوار؛ يبدو عليه الاستمتاع بالنظر إلى كل هذه الفوضى الدموية، ويُطرَبُ بالصراخ والبكاء!

سأله الشيخ سليم في دهشةٍ، ماذا تفعل؟!

نظر إليه الشخص ثم استدار وعلى وجهه ابتسامة عريضة، وأخذ يركضُ للخارج، لم يتركه الشيخ بل أخذ يركض خلفه والناس تنظر مندهشة لهذا الشيخ الذي يركض في توترٍ كبير يبدو على ملامحه، ولكن صدمة الانفجار جعلتهم لم يهتموا به كثيرًا، وأخذوا يحاولون إنقاذ أي شخصٍ من هذه الفوضى الدموية.

استمر الشيخ في الركض حتى خرجا من المبنى واستمر في السير حتى تركا مكان الانفجار ووصلا إلى مكانٍ خاليًا ليس ببعيدٍ عن موقع الحادث، لكن لا يوجد به أحد فقط هذا الشخص غريب الأطوار والشيخ سليم وبعض أصوات الرياح التي تهب وتتخبط في أوراق شجرةٍ عالية قد جلسا تحتها.

بدأ هذا الشخص يضحك بصوتٍ عاليًا إندهش الشيخ وسأله:

من أنت؟!

فأجابه بصوتٍ مرعب قائلًا:

" أنا الشيطان"

ارتجفت أعماق الشيخ واتسعت عيناه وكرر مندهشًا: شيطان؟!!!

اجابه الشيطان قائلًا:

نعم أنا الشيطان، أنا من فعل كل هذا، أنا هو السبب الرئيسي في هذا التفجير الذي شهدته.

سأله الشيخ متعجبًا: كيف تكون أنت السبب؟ هل أنت من وضع القنبلةُ بالداخل؟!

ضحك بسخرية مجيبًا:

لا لم أضع القنبلة، بل أنا من جعلتُ أحد أقرانك من بني البشر يضعها؛ ليقتل الناس، ويفجر المكان، ويعذب البشر، وينتشر الخراب هكذا كما فعل؛ فنحن جماعة الشياطين إذا أردنا القضاء على بني آدم وتدميرهم لا نفعل ذلك بأيدينا، بل نسلط عليهم أشباههم من بني آدم وهم يتولون ذلك نيابةً عنّا.

رد عليه الشيخ قائلًا:

ولكنني دومًا أسأل نفسي كيف يمكن للإنسان أن يفعل هكذا بأخيه الإنسان، وأي قناعةٍ لديه كي يفعل هذا الفعل الذي ينافي الفطرة والتقاليد والمعتقدات جميعها تنبذه، فكيف تقنعهم بفعل هذا؟!

نظر الشيطان بمكرٍ ثم قال له: إنكم شعب متدين وبإيمانكم وتدينكم هذا تدافعون عن أنفسكم من شرورنا نحن الشياطين؛ لذلك أشار علينا أحد كبارنا بأنه إذا أردنا تدمير البشر لا نبحث عن السلاح المناسب لذلك، بل إن أنسب الحلول هو أن نستغل سلاحهم نفسه ونجعلهم يدمرون بعضهم بعضًا بما في أيديهم من سلاح؛ فكان إيمانكم وتدينكم هو السلاح الذي سلطناه على غير الواعيين منكم؛ حتى يفعلوا الشر عن اقتناع واهمين أنه بأمرٍ من الله، وبأنه جزءٌ من إيمانهم القوى.

اندهش الشيخ سليم وسأله:

وكيف فعلتم ذلك؟!

ضحك الشيطان بخبثٍ قائلًا: كان الأمر بسيطًا جدًا، فمثلنا مثل أي سياسي وأي رجل دين فاسد استغل الدين وكلام الله؛ كي يلهو بعقول البسطاء ويحقق مصالحه الخاصة؛ نحن أيضًا الشياطين رأينا بأن ذلك خير طريقٍ نسلكه لنحقق مصالحنا وننشر الشر في الأرض؛ فاستغلينا البسطاء والبلهاء والحمقى منكم وزرعنا في

عقولهم الفهم الخاطئ لكلام الله ولنصوص الدين؛ حتى ظنوا بأنّ الله يدعوهم للدفاع عنه، وقتل كل من يختلف عنهم، وبهذا يفعلون ما يرضي الله، وزرعنا في قلوبهم الحقد تجاه البشر الآخرين وتجاه كل من يختلف عنهم، وزرعنا في البعض الآخر منهم الفساد؛ حتى إذا ما ارتكب أصحاب الحقد الشرور يغطيها لهم ويستر ها أصحاب الفساد، وبذلك نشجعهم على ارتكاب المزيد من الشرور، إذ أن الفساد سيحميهم من تلقى جزاء جرائمهم، وبذلك أيضًا نغوي أولئك الذين يريدون ارتكاب الشر ويخشون عواقبه إذ سيرون بأنه لا عقاب في ذلك.

وفرحنا جدًا إذ وجدنا قلوبكم تربةً خصبة اثمرت فيها بذور الشر بمجرد أن ألقيناها، وأصبح الناس يتسارعون في القضاء على بعضهم بعضًا ونشر الشر؛ إذ بذلك يتوهمون بأن الله سيرضى عنهم ويفتح أبواب الجنة لهم، ولكن الله كيف سيفتح الجنة لمن يقتل ويُعذب البشر الذين خلقهم؟!

كيف سيفتح أبوابه لمن خرّب في الدنيا التي خلقها؟!

فالله في النهاية سينبذهم، وهم لا يعلمون ذلك؛ وبذلك ستكون نهايتهم في جهنم معي ومع أمثالهم من الحمقى المغفلين.

اندهش الشيخ لما سمعه من مخططات الشيطان وكيف أنها بالفعل نجحت في أرض الواقع!

نظر إلى الشيطان وقال له:

لكن ليس الجميع هنا حمقى ومغفلون كأتباعك، هناك الكثير من المؤمنين الحقيقيين على درايةٍ بمعتقداتهم وقيمها الحقيقية وعلى فهمٍ صحيح لكلام الله، ولا يمكنك أن تُضل هؤلاء أيضًا.

أجابه الشيطان: حتى هؤلاء الذين لم أستطع السيطرة على عقولهم سأجعل أتباعي ممن زرعت فيهم شروري يهاجمونهم من

كل جانب، ويُظهرونهم للناس بمظهر الضالين الكافرين حتى لا يتبعهم أحد ولا يستمع لكلماتهم ونصحهم أحدٌ من الناس، فلا يعودون للنور مرةً أخرى، وسأبقى أحاربك أنت وكل من يريد أن يفسد مخططاتي حتى أقضي عليكم جميعًا.

سخر الشيخ منه قائلًا:

إن أتباعك يحاربوننا بالقنابل، وأما أنا وأمثالي سنبقى نحارب أفكاركم بنشر الفكر الصحيح، ولابد للحقيقة أن تنتصر، وحتى إذا متنا فالفكرةُ أبدًا لن تموت، لابد للقلم أن يغلب السيف، ولا محالة إن الله سيسحق الشر والشياطين وشرورها.

ارتفع صوت الشيطان متحديًا:

كل شيءٍ له نهاية ولابد للنهاية أن تأتى وسترى من سينتصر في النهاية، فلديَّ أملٌ كبير في حماقة بني البشر، وسأعمل على تنميتها فإنها سبيلي الوحيد للانتصار في النهاية.

اختفى الشيطان فجأة ونظر الشيخ حوله ليجد نفسه تحت الشجرة وحيدًا، فمضى وهو يحدث نفسه متعجبًا:

كيف للشيطان ان يسيطر علينا هكذا؟!

كيف وصلنا إلى هذا الحال؟!

نظر الشيخ إلى ساعته، قد مرت أكثر من ربع ساعة منذ أن ترك المكان راكضًا مشى عائدًا حيث موضع الحادث الإرهابي بالسفارة، ما إن وصل إلى المكان حتى وجد رجال الشرطة والإسعاف في كل مكان، فجأةً إذ رأوه الناس؛ أخذوا يشاورون لرجال الشرطة رافعين أصواتهم: هذا هو الشخص الذي رأيناه يركض هاربًا بمجرد أن تم الانفجار، هذا هو أمسكوه قبل أن يهرب مرةً أخرى!

انطلق رجال الشرطة مسرعين وألقوا القبض على الشيخ سليم ظنًا منهم بأنه هو السبب في هذا الحادث الإرهابي وهو من قام بتنفيذه!

مضى معهم الشيخ في ذهول لا يستطيع استيعاب ما يحدث، تدور في رأسه التساؤلات: كيف يتهمونني؟

ألم يروا أنّى كنت اركض خلف الشيطان؟!

ألم يروا الشيطان أمامهم؟ أكنتُ أنا الوحيد من يرى ذلك الشيطان؟!

وقبل أن يركب سيارة الشرطة ابتسم فجأةً متذكرًا ما قاله الشيطان، وكيف أنه سيحارب كل من يفهمون مخططاته ويحاولوا أن يهدوا الناس إلى الصواب؛ فركب سيارة الشرطة بعدما أقسم بينه وبين ذاته بأنه لن يستسلم أبدًا وسيبقى يحارب من أجل الحق مؤمنًا بأن كل حقيقةٍ لابدّ لها أن تنكشف يومًا وتظهر للنور في وقتٍ ما.

مدينة البؤس

"ليس الوهم وحده هو ما يقودنا للجنون؛ إن الإدراك المفرط للواقع احيانًا يكون سبيلًا يقودنا نحو الهذيان!

هذا ما أدركه عصام، ذاك الشاب الذي كان في الأربعينات من عمره، إذ كان يعمل طبيبًا للأمراض النفسية، حيث أخبره صديقًا له عن مدينةٍ مشهورة، يُقال أن كل أهلها مجانين يعانون أمراضًا نفسية غريبة، حتى انعزلوا على انفسهم يمارسون أفعالًا لا تدل إلا على الخبل والمرض النفسي، يُقال أيضًا بأن كل من يذهب إلى تلك المدينة ويجلس مع أهلها لا يعود بكامل قواه العقلية مرةً أخرى، بل وفي الغالب أيضًا يصيبه الجنون، فيصبح واحدًا منهم!

أثار ذلك فضوله، فقرر أن يذهب بنفسه في زيارةٍ إلى تلك المدينة التي سمع عنها؛ ليكتشف بنفسه ما هي طبيعة المرض النفسي الذي يعانون منه.

وقف عصام أمام لافتةٍ كبيرة على مدخل المدينة مكتوبٌ عليها عبارةٍ يبدو أنها قد كُتِبَت بأيدي مُرتعشة "مدينة المجانين" قرأ الطبيب هذه اللافتة وابتسم بسخريةٍ متمتمًا ربما هؤلاء الناس يدركون بالفعل أنهم مجانين!

دخل المدينة وتمشى بأحد شوارعها باحثًا عن أي إنسانٍ يتحدث معه، أخذ يمشي ما يقرب من النصف ساعةٍ، حتى ألقت به الصدفة؛ ليجد شابًا يرتدى قميصًا وبنطال، يبدو شكله مهندمًا نوعًا ما، لكنه يجلس على الأرض وحيدًا، يلتقط الصخور من الأرض بجواره ويقوم برميها للأمام في لامبالاةٍ، يظهر على عينيه حزنٌ دفين، والكثير من الهموم تنطق بها ملامح وجهه قبل أن تتحدث عنها شفتاه!

اقترب منه الطبيب، وجلس إلى جواره واضعًا يده على كتفه وسأله:

لماذا تجلس هكذا على الأرض؟ لا يبدو بأنك متشردٌ أو بلا مأوى؟!

أجابه في لامبالاةٍ دون أن ينظر اليه:

كلا لديَّ منزل.

استفسر الطيب مرةً أخرى:

لماذا إذًا تسكن الشارع هكذا؟!

أدار رأسه ببطءٍ نحوه وأجاب:

ما الفرق إذا جلستُ بداخل المنزل أم خارجه؛ فبالداخل قبرٌ, وبالخارج جحيم!

تعجب الطبيب متسائلًا:

أي قبرٍ وأي جحيمٍ ذاك الذي تتحدث عنه؟!

أكمل الشاب حديثه مفسرًا:

عندما كنتُ صغيرًا أولئك الذين يدّعون بأنهم عقلاء مثلك أخبروني بأن الحياة يومٌ لك ويومٌ عليك، قالوا لي ستبكى يومًا وتضحك يومًا آخر، ستحزن ساعة، ولكنك ستفرح بالساعةِ الأخرى!

قطع الطبيب حديثه معترضًا:

لكن الحياة بالفعل كذلك.

نظر إليه الشاب رافعًا سبابته بغضبٍ:

أقسمُ لك بأنك تكذبُ مثلما هم كانوا يكذبون؛ والله هذه الحياة لم تكن يومًا لي، لم تبتسم لي ساعة واحدة مثلما تدعون؛ بل دومًا ما ترميني بقذائفٍ من مصائبها ولا تُبالى؛ كل أحلامي قد يبست وماتت كوردةٍ ظلّت طوال الليل تنتظر الشمس مُتلهفة؛ لتصنع غذائها فلا تموت، لكن الشمس أتت عليها بحرارتها؛ فأحرقتها ودمرت كل ما تبقى فيها من أشكال الحياة!

ها أنا اقتربتُ من الثلاثين من عمري، لا أجد عملًا حتى الآن، فقط لديَّ من الالتزامات والمسئوليات ما لا استطيع الهرب منه أو مقاومته، فوقفتُ أحارب وحوشًا وأنا بغير سلاح؛ حتى انتهى بي الأمر أن اصبحتُ كقطعة لحمٍ رخيصة بين أنياب الأيام، تُمزقها كما يحلو لها ولا أحدٌ يُبالى؛ فمن ذا الذى يلتفت لينقذ دماءً رخيصة كدماء الإنسان في يومنا هذا!

تأثر الطبيب وقال له محاولًا أن يقتل إحباطه:

لكن إذا تحليت ببعض التفاؤل والصبر ربما تجد الضوء في أخر هذا النفق المظلم.

ضحك الشابُ ساخرًا، خافيًا خلف ضحكته الكثير من البكاء قائلًا:

كيف تفرح كثيرًا وتُطمئن نفسك بهذا الوهم، أهنالك ضوء في أخر النفق؟!

اسمح لي أن أحول فرحك هذا إلى حزن، وطمأنينتك تلك إلى رعب؛ فهذا الضوء المنبعث ليس هو نور الأمل إنه ذاك الضوء المنبعث من جهنم الدنيا التي نحن في طريقنا إليها يا صديقي!

صمتَ الطبيب ولم يستطع الإجابة؛ قد لامس في كلام الشاب شيئًا من الحقيقة التي يخشى أن يصارح بها نفسه.

مضى الطبيب وأكمل سيره في شوارع وزقاق المدينة فوقعت عيناه بأحد الشوارع على سيدةٍ ترتدي جلبابًا أسود مغطى بالوحل ووجهها قبيح؛ خشي من شكلها هذا فلم يقف ليتحدث معها ومضى من أمامها مسرعًا، ظل يمشى ما يقرب من الساعتين حتى لفت انتباهه شيءٌ غريب: رجلًا في شيخوخته يرتدى ثيابًا مُمزقة، يجلس على الأرض وبجواره قدرًا به ماء، كان يصب الماء من القدر لتنزل على التراب ثم يحركه بيده حتى يصبح وحلًا ويدب يده في هذا الوحل، فيكبش منه ثم يأكل من الوحل!

اندهش الطبيب فمشى بخطواتٍ سريعة نحو ذاك الرجل ونهره: ماذا تفعل؟!

كيف تأكل التراب هكذا؟!

أتريد أن تقتل نفسك؟!

أجابه الشيخ مستنكرًا:

أتظن بأنني على قيد الحياة؟!

كلا فأنا لستُ سوي ميتٌ ينتظر أن يُدفن ليس أكثر.

بدا على عيني الطبيب علامات التعجب والاستفهام فسأله: تبدو بصحةٍ جيدة ووظائفك الحيوية تبدو سليمة، أنا طبيب وأدرك ذلك جيدًا فكيف تقول بأنك ميت؟!

أجابه الشيخ مفسرًا:

هذا من وجهة نظرك أنت كطبيب لكنني في الواقع وأمام الحياة أنا ميتٌ منذ أن تحولت حياتي إلى اللاشىء؛ فما أجنيه من مالٍ لا يكفى لإطعام حشرة في هذه الأيام، إذا أردت أن آكل يصبح الوحل هو طبقي الرئيسي والمفضل، وهذا التراب هو ما أتغذى عليه وما

ينتشر داخل معدتي، حتى أصبحت أحشائي أشبه بهذه الأرض التي تدوس عليها بأقدامك، يكسوها التراب والوحل!

تعجب الطبيب من كلمات الشيخ لكنه أجاب بشيء من الغضب:

ليس لديك ما يكفي من المال وهذا أمرٌ مفهوم، لكن هذا الذي تفعله ليس إلا دربًا من دروب الهذيان والجنون!

مد الشيخ يده إلى الأرض آخذًا بعضًا من الطين وضعه في فمه، وبدأ يقول:

لستُ مجنونًا، لم يكن اختياري، لكن الحياة أخبرتني بطريقةٍ غير مباشرة؛ حين رفعت من قيمة كل شيء وخسفت بقيمة الإنسان إلى التراب، بل إلى ما هو دون التراب أيضًا، فكأنها تُخبرني: "إذا أردت أن تحيا فلتدرك ولتعترف بأنك لست سوي حشرةً رخيصة، ولتعش كذلك أو فلتمُت"

أما أنا لقد اكتفيت من الحياة عذابات، أصبحتُ أهوى كثيرًا حلمًا يسمى الموت، فتبًا لطريقنا هذا ومرحبًا بغدٍ فيه سأمضى حيث تهوى نفسي، سأستمتع بالهدوء حين تستقر رأسي في القبر، سأتوقف عن البكاء حين يرتخي جفناي في التابوت، ولن اتذوق الحزن مرةً أخرى حين تنكسر كؤوسي.

وقع كلام الشيخ في نفس الطبيب وقعًا غريبًا أصابه بالدهشة؛ فأول مرةٍ يلتقي بمرضى نفسيين كهؤلاء الذين في المدينة، فكل منهم له تفسيرًا واقعي لأفعاله غير الواقعية!

انتفض الطبيب من مكانه وترك الشيخ ومضى يسير متأملًا في كل ما حدث وكل ما سمعه من أولئك الناس، فجأةً أثناء سيره إذ به يصطدم بتلك المرأة العجوز التي قد رآها منذ قليل وخشى أن يجلس معها، كان شكلها يبدو غريبًا جدًا، يبث في نفسه شيئًا من الرعب فسألها: من أنتِ؟

لم يسبق لي أن رأيتُ امرأة تشبهك قبل ذلك؟!

لكنني رأيتك أكثر من مرةٍ بين زقاق هذه المدينة وشوارعها، فكيف أراكِ في كل مرةٍ ولما تبدين مخيفة هكذا؟!

أجابته ناظرةً إلى عينيه بشغفٍ وكأنها أرادت أن تتحدث معه منذ أن دخل المدينة: نعم لم تراني من قبل ولم يسبق لك أن شاهدتني في مدينتكم وبلادكم؛ لأنكم دومًا تدفنونني أنت وأهل بلدتك في قبورٍ غير مغطاة بالتراب، قبورٍ تصنعونها من وهمٍ ثم تقبرونني فيها؛ لأنكم تخشون من ظهوري!

ازداد خوف الطبيب من كلامها فقال لها بشيءٍ من الخوف: أقسم لكِ بأنني لا أفهم حرفًا مما تقولين ولا أدرك شيئًا مما تنطقين به، من أنتِ؟!

أجابته بصوتٍ ملئٍ بالثقة:

أنا الحقيقة المرعبة!

نعم فيجب عليك أن تشعر بالرعب حين تلقاني وأنت الذي تدفنني دومًا وتحل محلي الأوهام، تلك الأوهام التي تقيدك وتؤمن بها عن المستقبل المشرق، وذاك الشر الذي سينتهي، وأقسم لك أن هذا الشر سيبقى حتى تُدفن أنت كما تدفنني، تؤمن بذاك الخير المزعوم الذي سيأتي، وذاك الفرح المزيف الذي تنتظره.

كيف تؤمن بأشياءٍ لم تلتقى بها من قبل؟!

بل أيضًا تتجرأ وتنشر هذه الأوهام بين الناس وهم بدورهم ينشرونها حتى أصبحتم جميعكم تعيشون في حلقةٍ من الأوهام وتنكرونني أنا الحقيقة ولم تدركوا ذلك الواقع؟!

أجابها الطبيب معترضًا:

نحن لا نؤمن بالوهم، ولكننا نصبر على الصعاب ونسعى كي نحقق النجاح فحينها سيأتي الفرح والخير الذي ننتظره.

ضحكت الحقيقة ضحكةً ساخرة وهي تكمل حديثها:

عن أي نجاحاتٍ تبحثون؟! ما هي تلك الإنجازات التي أنتم واهمون بأنكم إذا حققتموها ستصبحون في حالٍ أفضل؟!

ماذا لو حققتم أحلامكم أم لم تحققونها، ألن تنتهي حياتكم ذات يوم؟!

ألن تخسروا كل شيء في النهاية؟!

ألن تصبحوا أنتم بأنفسكم مفقودين؟!

فهل تستحق حياتكم فعلًا كل هذه الحرب التي تستنزفون قلوبكم فيها تحت ما يسمي "السعي" لأجل أهدافٍ ستفقدونها في ختام الأمر، لماذا تسعون من الأساس خلف أهدافٍ مفقودة؟ لماذا تحاولون بناء أنفسكم وانتم في النهاية ستُهدَمون مهما بنيتم؟!

فمصيركم هو الفناء الحتمي في دُنيا زائلة!

هذا هو الواقع الذي تخشونه، وتخافوا أن تلتقوا بي أنا الحقيقة؛ فلا تستطيعوا أن تصارحوا أنفسكم وتعترفوا بي كما اعترف سكان هذه المدينة، تفضلون أن يقيدكم الوهم على أن تحرركم الحقيقة!

أما من يحاول ان يعترف بالحق منكم فتنعتونه بالمُحبط والمتشائم، وتستمرون في تلاوة الأوهام عليه حتى يعود إلى قيوده مثلكم، أما من يرتد عن أوهامكم ويخرجني من قبري الذي تدفنونني به؛ تطلقون عليه مجنونًا كما أطلقتم على هذه المدينة التي أدركت الواقع وكفت عن إقناع نفسها بغير الحق مثلكم!

فصدقني إنه خيرٌ للإنسان أن يتألم كثيرًا في سبيل الإدراك؛ فهؤلاء الناس لولا العذاب الذي يلقونه يومًا بعد يوم ويزداد ساعةٍ

تلو ساعة؛ لظلوا هكذا أبد الدهر منتظرين أن يأتي الأفضل مثلكم، وما كانوا ليدركوا ويعترفوا بأنه لم يعد فيها خيرًا!

أدار الطبيب وجهه بعد أن سمع كلمات الحقيقة ومشي مسرعًا نحو أبواب المدينة، حتى وصل إلى تلك اللافتة الموضوعة على مدخل المدينة فأخرج قلمًا من جيبه وشطب عبارة "مدينة المجانين" وكتب "مدينة البؤس"

وأضاف اسفل العبارة "لا تأتي إلى هنا إذا كنت تخشي لقاء الحقيقة فهنا لا مكان للوهم، وحقيقة الواقع بالتأكيد ستصيبك بالبؤس"

ومضى خارج المدينة؛ فلقد ذهب ليبحث عن مرضٍ نفسي، فاكتشف بأنه وسط أصحاءٍ في واقع مريض، بينما المرض الحقيقي غالبًا ما يكون أوهامنا التي نعيش فيها!

كفنٌ منسوج بأيدي الوهم

"أتعلمين بأن ثلاثة أرباع عذابات الإنسان تنبع من تلك الأشياء التي أحبها!"

أتعلمين أن الحب وحده هو القادر على اغتيال أعماقنا وتحويلها إلى اشلاءٍ، دون أن يؤثر كثيرًا على مظهرنا الخارجي؟!

أتعلمين بأن رموشك وحدهم كانوا بمثابة سهامٍ قد اخترقت قلبي، وحدقتا عينيكي كانتا تلك المجانيق التي هدت معابدي وحولت ما بداخلي إلى أطلال!"

تمتم يوسف هذه الكلمات بصوتٍ مبحوح قد أرهقه الألم، وهو يمشي دون وجهةٍ بأحد الشوارع خالية المصابيح بعد منتصف الليل حيث يحيط به ظلامٌ دامس، شبيهٌ تمامًا بذاك الظلام الذي يسيطر على أعماق نفسه.

كان ممسكًا بصورةٍ لفتاة عذراء الملامح، غدارة العينين، سفاحة الكلمات، إذا ما إقترب منها المرء أحبها، لكن إذا ما تحدثت أوجعته بكلماتها المسمومة، وإذا ما صمتت اغتالته بصمتها الكئيب.

كانت خبيرة في فن تعذيب النفوس التي تقع في حبها!

أما هو فكان مسكينًا ظن أن الحب وحده يكفي؛ فأحبها بكل ما يملك من طاقةٍ للحب بداخله، ولم يدرك أن من اقترب من الأفاعي لن يسلم من سمومها!

أخفى الصورة بكفه ثم أكمل السير محاولًا كبت أحزانه قدر المستطاع، حتى لفتت نظره نجمةً تلمع بالسماء؛ فأخرج صورتها مرة أخرى وابتسم بحسرةٍ وهو ينظر لها قائلًا: أتذكُرين حين أخبرتك ذات يومٍ بأنني لا أرى من النجوم سواكِ برغم كثرتهم في

المجرات، يومها كنت أحمق لم أكن أدرك بأن كل النجوم تبدو لنا جميلة من بعيد، لكنها تحرقنا وتدمرنا إذا اقتربنا منها أكثر من اللازم!

إن فقدانك ليس بالأمر الهين، إنه إغتيالٌ صامت يقتل فينا ما يريد ولا يحدث في ذلك أي ضجيج!

نظر أمامه بحزنٍ ثم وضع صورتها في جيبه، وأكمل المسير بلا هدفٍ؛ كان يحاول أن يثبت لنفسه أنه حرٌ يمكنه أن يمشى بأي طريق دون قيود، لكنه كان أسيرًا من الداخل، والقيود بداخله كانت عظيمة!

أرهقه المسير، فجلس على أحد الأرصفة بجوار سكة القطار، أسند رأسه على سور مبنى قديم، أخذ يتأمل أحزانه الكثيرة وبينما هو جالسٌ يعاني من الآمه الداخلية التي تلتهب، فيشعر بالحريق يلتهم أحشاؤه من الداخل!

لمح شخصًا يأتي نحوه من بعيد، ظل هذا الشخص يقترب منه بهدوء؛ حتى اتضح أنه كائن غريب يشبه البشر، لكنه ليس كذلك، كان كظلِّ الإنسان إذ نراه شبيةٌ بالإنسان لكنه في الحقيقة لا شيء!

جلس بجواره على الرصيف، حاول يوسف الابتعاد عنه، لكن ذلك الكائن الغريب أمسك بيده وضحك قائلًا:

أين ستهرب مني وأنا أعيش بداخلك؟!

فأجابه يوسف سائلًا:

كيف تعيش بداخلي، وأنا للتو رأيتك قادم من بعيد؟!

فضحك ذلك الشيء مجيبًا:

بالفعل رأيتني قادم من بعيد الآن، لكني في الحقيقة أتيت من داخلك!

سأله الشاب بكل علامات الاستفهام المختلطة باليأس واللامبالاة:

إذا كنت أتيت من داخلي، إذًا فلابد أن تكون شيئًا من تلك الأشياء العظيمة بداخلي التي تحطمت بالفعل، ولم يبق منها شيء.

فأجابه ذلك الكائن قائلًا:

بلى، أنا من تسببتُ في ذلك الانهيار كله، أنا من حطّم كل شيء، أنا وحدي من صورتُ لكَ الحقيقة على غير ما هي كائنة عليه، وأنا من صورت لكَ ما هو غير كائن على أنه الحقيقة الوحيدة!

ليس كل ما يحدث يكون بالفعل كائن، وليس كل ما تؤمن به هو بالفعل موجود؛ أحيانًا يُحيي الإنسان أشياءً ليس لها وجود ويعيش معها، تؤثر فيه ويؤمن بأنها واقعٌ، بينما هي لا توجد سوى بعقله!

نظر يوسف إليه باستغراب قائلًا:

من أنتَ؟!!!

فأجابه بنبرةٍ عالية:

لا تتعجب فأنا هو الوهم العظيم الذي يعيش بداخلك!

اتسعت حدقتا يوسف وهو ينظر إلى وهمه الذي تجلى امامه قائلًا:

أتعلم بأنني شككتُ أكثر من مرةٍ بأن ما أعيش فيه هو وهمٌ، لكن في كل مرة كانت أوهامي توهمني بأن شكي هذا هو الوهم، ووهمي ذاك هو الواقع الحق!

أجابه الوهم قائلًا:

نعم لا تتعجب؛ كنت أفعل هذا وأكثر لكنني لم أفعله بإرادتي، بل كانت إرادتك أنت، أنت من بحثت عني وما كان مني إلا أن لبيتُ طلبك، أنت الذي كنت تفضل أن تكون أعمى عن الحقائق

وأثرت أن تعيش في واقعي وتغيب عن واقع الدنيا الحقيقي، أردت أن ترى حقيقة الأشياء من خلالي على أن تراها من خلال الواقع؛ فنظرت من خلالي إلى قلب تلك الفتاة ورأيته ناصع البياض، بينما في الواقع هذا الأبيض لم يكن سوى كفنٌ قد التف حول قلبك ليرسله في نزهةٍ إلى القبور!

وأما تلك القبور لم تكن سوى كلماتها المسمومة التي تتقطر منها اللعنات والأكاذيب، تلك الأكاذيب الواقعية التي رأيتها من خلالي الصدق كله!

دعكَ من فتاتك البريئة أو من تراها من خلالي بريئة، وهى في الواقع تجمع بين حقد إبليس وخبث الأفاعي!

نزلت دمعةٌ من عين الشاب المصدوم كان يحاول كبتها لكنها سقطت دون جدوى من محاولاته وهو يقول:

لكنني كنت أحبها، وصدقتُ مشاعري.

فأجابه الوهم معترضًا:

ليست كل المشاعر الإنسانية مشاعر سامية؛ فحقيرة هي تلك المشاعر الإنسانية التي تجذبنا نحو ما هو مُعذِبٌ لنا، وخسيسة هي تلك الأهواء التي تقودنا نحو ما هو ضد العقل والمنطق، ومرفوضٌ من قِبَل الأنا العُليا!

ثم إنك لا تحب الأشياء أو تكرهها على حقيقتها؛ إنك مثل معظم البشر تحبون الأشياء وتكرهونها من خلال عدستي أنا، عدسة الوهم والأحكام المسبقة والتحيز مع الأشياء وضدها، وبعدما تتشكل لديكم رؤية الوهم الكاملة عن الشيء وقتها تحبونه أو تكرهونه بناءً على أوهامكم!

لم يتحمل يوسف حقيقة الواقع فوقف وبدأ في السير محاولًا الهروب من أوهامه التي تجلت له فصفعته صفعةً بكفٍ من حديد، كانت كافية لتمزيق قلبه مرة أخرى، بعد أن تمزق بالفعل!

وقف على قضبان القطار، أخرج صورتها من جيبه وبدأ يتحدث:

ألا تعلمين أنه لابد للإنسان أن يدفع ثمن أوهامه حينما يستيقظ منها؟!

كل الأشياء كانت وهمًا مُبين وأنا صدقتها، لكن أنتِ، أنتِ كنتِ وهمي الأعظم الذي لطالما كنت أشعر أنه وهم وأبيت إلا أن أصدقه، فتبًا لكِ وتبًا لأحلامي التي تصورتها حقيقةً مع فتاة حمقاء، وتبًا أيضًا لقلبي الذي تعلق بسفاحةٍ جاحدة هوايتها قتل النفوس واستغلالها!

ثم رفع رأسه قليلًا بشيء من الكبرياء قائلًا: يجب أن أسخر من نفسي كثيرًا لأنني صدقتُ أكاذيبك ذات يوم وآمنت بأوهامي حتى قتلتني!

فجأة شعر بضوءٍ يخترق الظلام أمامه، ولم تمض ثوانٍ ليدرك أنه قطارًا قادم من بعيد على تلك القضبان الواقف عليها، فأعاد نظره إلى صورتها بصوتٍ مرهق:

لابد أن ينتهي الأمر هكذا، يجبُ أن أتخلص من أوهامي التي أصابتني، يجب أن أمزق ذاك القلبُ الذي تلوث بحبك، لربما إذا تخلصت منه أعود بقلبٍ آخر جديد؛ فلقد كنتُ أحاول بناء الحياة، لكن بعض الحيوات نموت ونحن نحاول بنائها!

ثم رفع رأسه في ثباتٍ ولم تمض لحظات حتى اصطدم به القطار صدمةً قوية أشبه باصطدامه بالواقع الذي هو فيه، فمزقه إلى أشلاءٍ متناثرة على جانبي قضبانه، وبقايا من لحمٍ وعظمٍ ودماء عالقة بين

عجلاته، فأصبح على قضبان القطار صورتان لها: واحدة في كفه التي أمسكها بقوة فأصبحت كفٌ بلا جسد تحمل صورةٍ لفتاة بلا قلب ملقاة على الأرضِ، وصورةٍ أخرى في قلبه الذي أصبح قطعًا مبعثرة تكسوها الدماء والحزن والسواد!

وجهان وأكثر

فى لحظات الغروب حيث يلملم النهار أوراقه وتدير الشمس لنا ظهرها غاربة إلى حيث شروقها في مكانٍ جديد؛ فيبدأ الظلام في فرد أجنحته السوداء، في حدثٍ عظيم تلتقي فيه النهاية مع البداية، وكأنها آية تحدث يوميًا وضِعت لتجعلنا نطمئن بأن كل النهايات ليست سوي بدايات جديدة.

في هذه اللحظات كنتُ مع مجموعةٍ من العمال بأحد المواقع في الصحراء، في رحلة عمل؛ لاستكشاف بعض الصخور التي من المحتمل إحتوائها على معادن نفيسة؛ وذلك بسبب طبيعة عملي كمهندس جيولوجيا، قضيت الكثير من السنوات أدرس الأرض والصخور والمعادن.

انتهينا من العمل وذهب كل واحد من فريق العمل إلى خيمته التي نصبها كي يستريح فيها أثناء أيام إقامتنا هنا، أما أنا فقررت أن أمشى قليلًا في المكان إذ أتأمل حولي تلك العظمة الكونية، أنظر أمامي وبجانبي وأسفل أقدامي منبهرًا بما حولي من معجزات الخلق البديع وجمال الطبيعة الذي يصل أحيانًا إلى حد الرعب!

وأثناء سيري لفت انتباهي حجرٌ ضخم على بعد أمتارٍ مني، نصفه أسود والنصف الآخر منه أبيض اللون، وكأنه حجر من عالم آخر لم أرى مثله على الأرض من قبل، أخذتُ أتجه بخطواتي نحو هذا الشيء حتى أكتشف ماهيته، وصلت إليه فلمسته وكان حجرًا له ملمس الأحجار العادية، بدأت أدور حوله، فوجدت خلف الحجر فتحةً بها سلم تقود إلى حفرةٍ بالأسفل، تقدمت في ترددٍ ونزلت على درجات السلم، وجدت بالأسفل غرفةً ضيقة ليس بها شيء سوى فراغ، فنظرت حولي لأجد بابًا مغلق في أقصى يسار الغرفة،

اتجهت نحوه وكان هناك شعاعًا من الضوء ينفذ عبر الفراغ ما بين الباب والجدار، دفعت الباب بيدي ودخلت الغرفة.

كانت غرفة مربعة بها أربعة جدرانٍ على كل جدار يوجد عدد كبير من الأقنعة المعلقة على اختلاف أشكالها وألوانها، وهناك طاولة مستديرة حولها أربعة مقاعد عتيقة يكسوها التراب.

فجأةً وجدت شخصًا قد ظهر من حيث الفراغ لا أعلم من أين أتى؟، كان يرتدي ملابسًا سوداء يزينها بعض من التراب فيكسر كأبة اللون الأسود بشيء من البياض.

جلس على مقعدًا من تلك المقاعد التي بالغرفة ونظر لي بنظراتٍ ليس فيها أي شيء من الدهشة؛ وكأنه كان متوقعًا زيارتي, أو هو في الأساس تتردد عليه الكثير من الزيارات فتعود على الأمر. ابتسم لي قائلًا: مرحبًا بك في منزلي الصغير!

كان هناك شيئًا من الرعب بدأ ينمو بداخلي منذ أن ظهر لي فحاولتُ الفرار منه إذ ظننته شبحًا هارب من عالم الجن!

حاولت الرجوع للخلف هروبًا منه، لكني ما إن رجعت بضع خطواتٍ حتى اصطدمت بباب الغرفةِ، فأدرت رأسي نحوه لأجده قد أُغلِقَ تمامًا!

ابتسم لي مرة أُخرى وكأنه أيضًا كان متوقعًا محاولتي للهروب ثم قال:

إذا أردت العودة للخارج الآن سأمنحك ما تريد، أما إذا بقيت معي هنا قليلًا من الوقت سأصحبك في رحلةٍ إلى مجتمعي المُعقد وسأريك الأشياء التي تعودت رؤيتها كأنك أول مرةٍ تراها، سأجعلك تتعرف من جديد على ما تظن بأنك تعرفه جيدًا!

تساءلت في دهشةٍ:

كيف ستعرفني على ما أنا أعرفه جيدًا وكيف ستريني للمرة الأولى تلك الأشياء التي تعودت رؤيتها بالفعل ؟!

مد يده وأخرج صندوقًا من أسفل الطاولة التي يجلس عليها، فتحه وأخرج منه مجموعة من الأقنعة المختلفة وضعهم أمامه على الطاولة وأجابني وهو يقلبهم بيده:

هذا ما ستفهمه إذا قررت أن تبقى، وإذا اردت العودة الآن يمكنك ذلك.

ثم وجدت الباب يُفتح مرة أُخرى، كانت فرصة جديدة قد مُنحت لي للعودة مرة أُخرى، ولكن فضولي الذي قادني للنزول في المرة الأولى هو نفسه من سيطر علي في هذه اللحظات أيضًا فجعلني أقبل العرض وأجيب بكل ثقةٍ:

نعم سأبقى معك لأرى ما يوجد في مجتمعك يا صديقي المجهول.

أرجع ظهره إلى الخلف مسندًا إياه على المقعد وهو يقول:

كنت أعلم أنك ستوافق.

ثم أشار إلى المقعد الآخر الذي أمامه قائلًا:

تفضل بالجلوس لا تخف.

اقتربت منه وجلست أمامه على المقعد وسألته:

ما كل هذه الأقنعة؟!

فأجابني:

هذه هي الأشياء الكثيرة التي أنت تعرفها، لكني سأجعلك تقابلها من جديد وكأنها غريبة عنك!

لم أفهم كلماته لكنه لم يأبه إلى جهلي كثيرًا، بل مد يده وأمسك بأحد الأقنعة التي وضعها على الطاولة مُقدمه لي قائلًا:

ارتدي هذا القناع وشاهد.

أمسكتُ بالقناع ووضعته على وجهي فشاهدتُ:

أحد شوارع المدينة التي أعيش بها، الشارع خاليًا من حولي، ولكن على بعد أمتارٍ مني لفت نظري تجمهر كبير من الناس وعدد من السيارات الواقفة فاقتربتُ إلى هناك؛ لأرى ماذا يحدث؟ وجدتُ بجانب السيارات شخصًا أعرفه جيدًا يدعى "عبدالرحيم عليان"

إنه مستَورِد كبير من كبار تجار الأغذية في البلد، وهو رجلٌ في العقد الخامس من العمر من أهم رجال الأعمال إن لم يكن أكبرهم على الإطلاق.

كان يقف بجوار سيارته وحوله عدد من العمال الذين يعملون معه، كانوا يخرجون أكياسًا محملة بالطعام واللحوم من داخل تلك السيارات الضخمة التي معهم ويوزعونها على هذا الكم الكبير من الناس الفقراء المتجمهرون حولهم في مشهدٍ إنساني عظيم يبين مدى حب هذا الشخص للخير ومساعدته للفقراء وشعوره بمعاناتهم، لم يترشح يومًا لأى منصبًا في الدولة، ولم يطمع بأي شيء من الناس وإنما كان يفعل كل ما يفعله إيمانًا منه "بأنه يجب أن نساعد من ليس لهم أحد ليساعدهم"

هكذا كان يقول للناس معللًا حبه للخير.

كان الناس يأخذون منه المساعدات وترتفع أصواتهم بالدعاء له، صائحين بعبارات الشكر الكثيرة، بينما البعض من الشباب يخرجون هواتفهم مُصورين ما يحدث من لقطاتٍ إنسانية حيث يقف رجلٌ ذو مكانةٍ كبيرةٍ ومسئولياتٍ ضخمة؛ ليشرف على فعل الخير بنفسه، فيشاركون تلك اللقطات على منصات التواصل الاجتماعي

معلقين "لن يموت الخير أبدًا ما دام يعيش وسطنا أمثال هذا الرجل العظيم، السيد عبد الرحيم عليان"

أزال القناع عن وجهي ذلك الصديق المجهول ثم سألني ما رأيك فيما شاهدته للتو؟

فأجبته بكل تلقائية:

لم أرى شيئًا جديدًا فهذا الرجل أعرفه جيدًا، لقد تعودتُ رؤيته في أفعالٍ مثل هذه دومًا؛ فهو محب للخير والفقراء، ينفق من أمواله في سبيل مساعدة الآخرين ويوزع عليهم الطعام بالمجان، والله لو أن كل الأغنياء في بلادنا مثل هذا الرجل؛ لن تجد فقيرًا يسكن الشارع أو ينام بلا طعام!

أجابني قائلًا:

حسنًا فهذا ما أنت قد تعودتُ رؤيته بالفعل.

ثم مد يده وأعطاني قناعًا آخر وهو يقول:

ارتدي هذا القناع وشاهد ما يحدث من زاوية أخرى.

امسكتُ بالقناع ثم ارتديته فشاهدتُ السيد عبد الرحيم عليان يجلس في مكتبه بمنزله الخاص مشعلًا سيجارة يمسكها بشفتيه وهو يتفحص بيداه بعض الأوراق الملقاة أمامه على المكتب.

بعد دقائق سمعتُ صوت طرقٍ على الباب، ثم انفتح الباب ودخل شابٌ صغير في بدايات عمره ترتسم على وجههُ علامات الغضب، ألقى التحية في شيء من اللامبالاة، وكأنه يُلقيها رغمًا عنه، أو كأنها فُرضت عليه فيفعلها كشيء من الروتين!

نظر إليه الأستاذ عبد الرحيم في استغرابٍ قائلاً:

ماذا بك يا بني لما تبدو غاضبًا هكذا؟!

لم يجب الابن على السؤال لكنه أخرج هاتفه الذي كان مفتوحًا على أحد الفيديوهات، حيث والده يقف بالشارع ويوزع كمياتٍ ضخمة من الطعام على الناس، وجه الهاتف نحو أبيه وهو يقول في ثورةٍ:

ما هذا يا أبي؟!

ما هذه الكميات الضخمة من المال التي تهدرها هكذا على الناس في أمرٍ لن تجنى من ورائه أي مكاسب؟!

ابتسم الأستاذ عبد الرحيم في سخريةٍ منه قائلًا:

أهذا الذي يجعلك تثور غضبًا هكذا؟!

صاح به الابن قائلًا:

هذا ليس بالأمر الهين لتسخر منه هكذا، المال مهما يكن كثيرًا، سينفذ بالتأكيد إذا استمرينا في إنفاقه هكذا!

أجابه أبيه بشيء من الهدوء قائلًا:

انا لا أنفق المال هدرًا بل أستثمره ليزيد هكذا.

أجابه الابن بغضبٍ:

الآن ستبدأ القصة الخيالية التي يرددها معظم الناس، بأن كل ما تنفقه على الفقراء سيعوضك الله عنه اضعافًا، وكل هذه الشعارات الخيالية التي يبتدعها الناس ليسلبوا منَا اموالنا، ولكن صدقني لن يعود لنا أي شيء، لن يسقط علينا ما نهدره مرةً أخرى من السماء، ولن تقودنا أفعالك إلى شيء سوى الإفلاس والتشرد!

ضحك الأب مرددًا:

يا لك من احمق ساذج ومغفل!

ثم اقترب منه ناظرًا إلى عينيه وهو يقول:

مثلك مثل عموم الناس من البسطاء والحمقى المغفلين، أنا لم أنفق الملايين على تلك الأطنان من اللحوم التي أوزعاه على الناس بشكل مجاني كما يبدو لكم.

استغرب الابن من كلمات ابيه فسأله في دهشةٍ: ماذا تقصد؟!

ضحك الأب ضحكةً خبيثة وهو يقول:

انا فقط أشتري رمالًا من الأرض وأوزعها على الناس فيغرهم أصفرها متصورين بأنها ذهبًا غالي الثمن، أوزعه عليهم بالمجان، ولكنها في الواقع ليست سوى رمال، فهم يلتحفون بأكفانٍ من الوهم، وأنا أتغذى على غفلتهم هذه.

ظهرت ملامح دهشةٍ جديدة على وجه الشاب، وكان يبدو عليه عدم إدراك ما يسمعه؛ فسأل أبيه قائلًا:

عن أي رمالٍ تتحدث أنا لا أفهم شيء؟!

نظر إليه أبيه قائلًا:

سأوضح لك الأمر، إن تلك المساعدات التي أوزعها على الناس ما هي إلا صفقاتٌ من اللحم الفاسد، والأطعمة منتهية الصلاحية، التي كان من المقرر إعدامها والتخلص منها، اشتريها بسعرٍ زهيد، وأوزعها على الناس بالمجان؛ فأصبح بذلك محبوبًا بينهم وترتفع أصواتهم بالدعاء والشكر، ويتحدثون كثيرًا فيما بينهم عن عطفي عليهم ومساعدتهم؛ فيزداد صيتي وتزداد شهرتي بين الناس.

تساءل الابن في ذهول:

لكن لما تفعل كل هذا الأمر من الأساس؟!

فأجابه مفسرًا:

إنها دعاية ضخمة لي ولكل استثماراتي، حملة دعائية لا أنفق عليها سوى بضع قروش، لتعود لي بالملايين؛ فحين يذاع بين الناس هذه الأمور التي يسمعونها عني تزداد ثقتهم بي، فينجذبون أكثر إلى مشاريعي واستثماراتي، ويحبون التعامل معي؛ فتزداد أرباحي وتتضاعف أموالي أضعافًا.

سأله الابن بخوفٍ:

لكن ماذا لو مات الناس بسبب هذا الطعام الغير صالح للأكل؟!

فأجاب ابيه بلا أى اكتراث للأمر قائلًا:

نحن نوفر لهم طعامًا هم غير قادرين على شراؤه، ثم إنهم في النهاية لن يموتوا إذا أكلوا بعض الطعام الفاسد بين الحين والحين؛ فنحن أيضًا نصنع معهم معروفًا.

ثم نظر إلى أعلى ضاحكًا وأخذ يعلو صوت ضحكاته الخبيثة!

أزال صديقي المجهول ذلك القناع عن وجهي؛ ليقطع هذا المشهد الذي أصابني بالصدمة حتى شعرتُ أن أطرافي قد شُلّت من هول الصدمة؛ فلم أستطيع الحركة!

سألني مرةً أُخرى وهو ينظر إلى القناع قائلًا:

الآن ما رأيك بذلك الرجل الطيب الذي تعرفه جيدًا؟!

فصِحتُ صارخًا:

إنه شيطانٌ ماكر، ونائب من نواب إبليس على الأرض؛ يتظاهر بالخير وهو لا يضمر للناس من النوايا سوى أخبثها!

فنظر لي قائلًا:

الآن قد اكتملت الرؤية لديك حين شاهدتَ المشهد المحذوف من المسرحية التي يمثلها.

وقف من على مقعده، تمشى نحو الجدار الأيسر بالغرفة، وأخرج قناعًا من الأقنعة المعلقة على الجدار وتقدم نحوي، ثم جلس على مقعده مرة أُخرى ومد لي القناع قائلًا:

لتشاهد هذا الأن

أخذتُ القناع وارتديته فشاهدتُ: غرفةً بإحدى العيادات الخاصة تجلس فيها طبيبة تُدعى "رحمة"، دخل إليها رجلًا يبدو في الأربعينات من عمره، تظهر على وجهه علامات المرض والإعياء الشديد، ألقى التحية، ثم أخبر الطبيبة بأنه يشتكى من ألمٍ شديد بالجهة اليسرى من البطن؛ فأخبرته الطبيبة أن يستلقي على السرير؛ كي تقوم بفحصه، ثم قامت بالكشف عليه بجهازٍ تلفزيوني.

عادت إلى مكتبها مرة أُخرى، جلس الرجل على المقعد امامها وهو يتلوى من الألم؛ فنظرت إليه بتعاطف ممزوج بالحزن في عينيها قائلة:

للأسف لديك التهاباتٍ شديدة بالمرارة؛ ولابد من إجراء عمليةٍ جراحية في أقرب وقت ممكن.

بدا على وجه الرجل علامات الحيرة والخوف، لم تمض لحظاتٍ حتى سقطت دمعة من عينيه فمسحها مسرعًا!

نظرت إليه الطبيبة لتطمئنه قائلة:

إن الأمر بسيطٌ جدًا، ولا داعي لكل هذا الخوف ستكون على ما يرام لا تقلق.

أجابها بصوتٍ مرهق:

أنا لا أخشى إجراء العملية، ولكني لن أقدر على القيام بها حتى إذا أردت، إنني أقتات طعام يومي بالمعاناة، فكيف لي ان اتدبر تكلفة عملية جراحية الآن وأنا بهذا الوضع؟!

43

فسألته الطبيبة:

أليس لديك أحد من أقربك أو إخوتك يمكنه أن يساعدك في هذا الشأن؟

فأجابها بحزنٍ:

جميعهم يعيشون في ظروفٍ صعبة، ولن يستطيعوا مساعدتي!

فابتسمت له الطبيبة قائلة:

لا بأس إذا كان هذا ما يقلقك فلا داع للتفكير بالأمر كثيرًا، أنا سأتكفل بكامل مصاريف العملية، ولا أريد منك أي أموال فقط اطمئن ولا تفزع.

ثم أخرجت ورقةً دونت عليها عنوان وأعطتها له قائلة:

هذا عنوان المكان الذي أقوم فيه بإجراء العمليات الجراحية أريدك أن تأتى إلى هذا المكان غدًا في تمام الساعة الثامنة مساءًا؛ لنقوم بإجراء الجراحة.

نظر إليها الرجل بنظرات شكر قائلًا:

لا أعلم كيف أشكرك على هذا المعروف الذي تصنعينه معي؛ لم يساعدني أحد هكذا من قبل، فربما تكونين أنتِ ملاكًا قد أرسله الله؛ ليخفف آلام الناس.

فقالت له الطبيبة قائلة:

لا تشكرني فهذه هي رسالتي، وسأبقى أساعد الجميع طالما أستطيع ذلك.

ثم ابتسمت له معقبة:

أريد منك أن تطمئن ستكون بخير وحاول ألا تتأخر، فكلما عجلنا كان ذلك أفضل لحالتك.

أزال صديقي المجهول القناع عن وجهي ثم نظر إلي وسألني قائلًا:

ما رأيك فيما شاهدت؟

فأجبته مسرعًا:

هذا فعلٌ إنساني جميل من طبيبة عظيمة تؤدي رسالة عملها بصدق، ولا تأخذ الموضوع سبيلًا للتجارة والغنى السريع كما يفعل الكثير من الأطباء، فسبحان الله كأن الرحمة كلها حلّت في قلبها من السماء حين سُمِيَت رحمة!

ابتسم صديقي المجهول وكأنه كان متوقعًا مني هذا الرأي قائلًا:

ربما تكون محق هذه المرة، ولكن لترتدي هذا وشاهد ما به ثم مد يده وأعطاني قناعًا آخر لأرتديه.

ارتديت القناع فشاهدتُ مكانٍ واسع به العديد من الغرف، وهناك عدد من المرضى بكل غرفةٍ، نظرتُ إلى الساعة المعلقة على الحائط أمامي، وجدتها الثامنة مساءًا؛ فأدركت أن هذا هو المكان الذي ستجرى فيه الطبيبة رحمة الجراحة للمريض.

وصل الرجل المريض إلى المكان فأخذته إحدى الممرضات إلى غرفةٍ من الغرف، ثم أعطته كيسًا به ملابس مُعقمة وقالت له:

ارتدى هذه الملابس حتى نذهب إلى غرفة العمليات فالطبيبة بانتظارنا.

ارتدى المريض الملابس، ثم ذهبا إلى غرفة العمليات، كانت غرفة واسعة لها رهبة غريبة، بمجرد أن تدخلها تشعر بالكآبة والحزن؛ ففي هذا المكان هناك من يكسب الحياة من جديد وهناك

45

من يخسر حياته، وهذا السرير الذي ما إن ينام عليه المرء حتى يذهب وعيه، ولا يعلم إن كان سيعود له مرة أخرى أو سيفقده للأبد!

لكن في هذه الغرفة كان هنالك شيئًا يبث في نفس المرضى الكثير من الطمأنينة: على الجدار المقابل للسرير هناك لوحةٌ كبيرة معلقة بطول الجدار مكتوبٌ عليها بالخط العريض آيتان: الأولى من القرآن الكريم تقول: "وَإِذَا مَرِضْتُ فَهُوَ يَشْفِينِ" والثانية من الكتاب المقدس تقول: "يَا رَبُّ إِلهِي، اسْتَغَثْتُ بِكَ فَشَفَيْتَنِي" فكانت الطبيبة تستعين بكلمات الله؛ كي تُطمئن المرضى الذين على بعد دقائق من إجراء العمليات الجراحية على مختلف معتقداتهم.

كانت الطبيبة بالغرفة تنتظر مع طبيب التخدير واثنين من المساعدين، دخل إليهم المريض فأخبره طبيب التخدير بأن ينام على السرير، ثم غرس في شرايينه حقنة، ولم تمضِ لحظاتٍ حتى ذهب وعيه تمامًا.

بدأت الطبيبة في إجراء الجراحة التي استمرت ما يقرب من الساعتين حتى انتهت، ثم اخبرت مساعديها أن ينقلوا المريض إلى غرفة أخرى، وبقيت هي وحدها مع طبيب التخدير في غرفة العمليات.

كانت الطبيبة تحمل شيئًا بيدها لا ادرى ما هو!

تقدما معًا هي وطبيب التخدير نحو اللوحة الكبيرة المخطوط عليها كلمات الله، ضغطت على اللوحة بيدها فانفتحت؛ أدركتُ حينها بأنها لم تكن لوحةً عادية، بل بابًا سحري يقود إلى غرفةٍ أخرى!

دخلت إلى تلك الغرفة السرية مع طبيب التخدير، كان بها ثلاجة ضخمة، فتحتها الطبيبة ليحل عليَّ وابلٌ من الصدمات بعدها؛ لقد كانت الثلاجة مليئةً بالأعضاء البشرية المختلفة!

أخذت من الثلاجة إناء به سائل ما، أظن أنه يستخدم لحفظ الأعضاء، ثم وضعت به ذلك الشيء الذي تحمله بيدها، دققتُ النظر به لأجده فصًا من كبد إنسان؛ كانت قد سرقته للتو من المريض المسكين!!!

ثم وضعت هذا الإناء مرة أُخرى بالثلاجة، بجوار الكثير من الأعضاء البشرية الأخرى التي قد سرقتها تلك الشيطانة التي تدعي أنها تساعد المرضى وهى تستغل ضعفهم أسوأ استغلال!

أغلقت الثلاجة ثم نظرت بابتسامة ماكرة إلى صديقها، ذلك الطبيب الملعون الذى يشاركها بجرائمها قائلة:

نحن لا نسرق أعضاء الناس فهذه ليست سرقة إنها أجر العمليات التي نقوم بها بالمجان، نحن نساعد المرضى فحسب، هم لن يموتوا إذا أخذنا شيء من أعضائهم، لكنهم سيفقدون حياتهم بالتأكيد لو تركناهم هكذا في أمراضهم دون أن نساعدهم، لن تجديهم حينها تلك الأعضاء في شيء، بل ستصبح أنسجةً لا قيمة لها مدفونةً تحت التراب!

أخذتُ أرتجف من بشاعة الصدمة، فشعرتُ بيد صديقي المجهول تزيل القناع عن وجهى، ثم قدم إلي كأسًا من الماء قائلًا:

إهدأ ولا تتعجب، مثل هذا الأمر يتكرر في حياتك كثيرًا لكنك غافلٌ عنه تراه على غير حقيقته دومًا، أنظر الأن هذا هو الوجه الأخر للطبيبة التي كنت تتغنى بإنسانيتها منذ قليل!

فصرختُ بصوتٍ يرتجف كأن قنبلة قد انفجرت بداخلي:

والله لم يكن لها من اسمها أي نصيب؛ فهذه حرباء متلونة على أكثر من وجه لا تعرف عن الرحمة أي شيء، إنها مجرمة ينبغي لها أن تتلقى جزاء أفعالها الحقيرة هذه.

ثم مددتُ يدي وشربتُ من كأس الماء قليلًا ثم نظرتُ إلى صديقي المجهول سائلًا:

لكنني لا أفهم لماذا قد وضعت آيات من الكتب السماوية على هذا الباب السرى الذي يغطى جرائمها وأفعالها الخسيسة؟!

فأجابني قائلًا:

لا تتعجب فهي شيطانة تستغل هذا الشعب المتدين البسيط فتجعلهم يثقون بها حين تدخل إليهم من باب الدين والخير والإنسانية، كما يفعل الكثير من الشياطين الذين يعيشون معنا في منازلٍ على الأرض ولا نعلم حقيقتهم، فنحن عادةً ما نقدس مثل هؤلاء الذين يُحدثوننا باسم الله، والدين، والأخلاق، حتى أصبح كل كاذبٍ يريد الترويج لضلاله، يستخدم ستار الدين والإنسانية؛ ليصدقونه، ومن ثم يبث سمومه في نفوس البسطاء؛ فيقبلونها بغير فحصٍ أو تمييز، لذا لا تتعجب إذ تجد أصحاب الفضيلة هم أكثر الناس بُعدًا عنها، فالفضيلة قد تبرأت ممن ينسبون أنفسهم إليها.

فسألته مرةً أخرى وأنا يسيطر على العجب:

وكيف استطاعت ان تبرر لنفسها ولمن معها هذا الجُرم الشنيع الذي يرتكبونه على أنه فعلٌ حميد، كيف أقنعت نفسها هكذا؟!

أجابني قائلًا:

الفساد ينتشر بين بني البشر كالوباء الذي لا علاج له، الكثيرون فاسدون ولا يدرون حقيقة أنفسهم، يعيشون واهمين بأنهم ملائكة على الأرض، غير مدركين ما بداخلهم من شر، وما يتوغل في نفوسهم من مرض!

فما من أحد يرى نفسه سيء، حتى أولئك القاتلون والسارقون والزناة يرون أنفسهم صالحين؛ فالإنسان بطبعه منافق، حتى وصل

به الأمر إلى ان ينافق نفسه ويبرر لها جميع حماقاتها، والنفس كذلك لا تبخل على صاحبها فتعطيه بدلًا من المبرر ألف مبرر، كي يستمر في خداع نفسه!

ثم أمسك قناعًا آخر وهو يقول:

هذه أمثلةٌ بسيطة عن الشر المُلتحف بالخير، إنتظر لنرى ما في هذا القناع أيضًا؛ فلم تنتهي رحلتنا بعد.

امسكتُ القناع من يده ووضعته على وجهي فشاهدت:

رجلٌ متقدم في العمر يجلس في منزلٍ كبير واسع، يشبه القصور وبيوت الملوك، دخل إليه أحد خدامه قائلًا:

مرحبًا يا شيخ مختار هناك شخصٌ ينتظر بالخارج ويريد مقابلتك، يقول أنه جاء لك في أمرٍ ضروري.

فأشار له الشيخ مختار بيده قائلًا:

حسنًا دعه يأتي إلى الداخل.

دخل الرجل إلى المنزل وقد كان رجلًا مُسن يرتدي ملابسًا زهيده يبدو عليه المرض وضيق الحال، ألقى التحية على الشيخ مختار ثم وقف امامه قائلًا:

لقد جئت إليك يا شيخ لأنك إنسانٌ طيب السيرة وأنا في أمسُّ الحاجة إلى مساعدتك!

فسأله الشيخ:

وما هي المساعدة التي تريدها مني؟

فأجاب الرجل:

لديَّ ابنتي الوحيدة مريضة وليس لديَّ أموالٍ لعلاجها, وأنا أعمل مقابل أجرٍ زهيد أوفر به الطعام لنا بصعوبة، لم أكن أمد يدي طلبًا للمساعدة من قبل، ولكن مرضها هذا لم يكن في الحسبان؛ لذا أتيتُ إليك أملًا في أن تُقرضني مبلغًا من المال؛ حتى أنقذ وحيدتي من براثن الموت؛ فتحيا هي وتحيا نفسي معها، وتكون أنت بلُطفك قد أنقذتنا سويًا.

نظر إليه الشيخ مختار دون أن يُبدي أي تأثرًا بكلامه قائلاً:

وكيف أضمن بأنك لن تستغلني وتأخذ المال ثم تذهب ولا تعيده لي مرةً أُخرى؟!

اقترب منه الرجل وهو يبكي قائلًا:

أرجوك ساعدني وخذ عليَّ ما تبغي من الضمانات، ولكن لا تردّني هكذا؛ فلقد ذهبتُ للكثيرين، ولم يوافق أحد على مساعدتي وأنت أملي الأخير؛ لإنقاذ تلك المسكينة من شبح الموت الذي يحومَ حولها.

فأجابه الشيخ:

حسنًا هل تمتلكُ منزلًا أو ي شيء يمكنني أن أخذه منك كضمانٍ في حال لم ترد لي المبلغ الذي تريد إقتراضه؟

فأجابه الرجل بصوتٍ مكسور:

لو أنني أملك أي شيء لبعته فورًا وعالجتُ ابنتي وما كنتُ لأقف أمامك هكذا.

فوقف الشيخ من على كرسيه في صائحًا بغضبٍ:

إذًا كنت لا تمتلك شيء فلما أتيتَ لي؟!

من أخبرك بأنني أوزع أموالي على الناس هكذا دون مقابل؟! فلتذهب من أمامي، لن أستطيع مساعدتك.

وقعت كلمات الشيخ على هذا الرجل المسكين، كالوقود الذى يسقط على النيران فلا يزيدها إلى التهابًا وثورةً ولا يزيد مَن حولها إلا احتراقا؛ فقد تحطم سبيله الأخير لإنقاذ ابنته ولا يدرى إلى أين يذهب؟

أدار وجههُ ومشى خارجًا من المنزل في كسرةٍ والدموع تنهمر من عينيه دون سبيل له في السيطرة عليها!

أثار ذلك المشهد غضبي نحو هذا الشيخ الغني؛ فقلتُ في نفسي يا له من إنسان قاسى القلب، هذا المبلغ الذي يريده الرجل لا يُحسب شيء أمام ثروته الكبيرة، فلما لم يساعده؟!

حتى لو أنه لن يعيد المال مرةً أُخرى، لن تتأثر ثروته الضخمة بهذا المبلغ الزهيد!

كان الخادم الذي يعمل لديه يقف من بعيد وشاهد كل ما جرى، أشار له الشيخ بيده ليقترب منه ثم قال له:

اذهب خلف هذا الرجل واعرف عنوان مسكنه وتحقق من صحة روايته التي أخبرني بها للتو.

ذهب الخادم خلف الرجل وعاد إلى المنزل بعد ما يقرب من ساعة، ثم وقف امام الشيخ، فسأله الشيخ:

أخبرني ماذا وجدت؟

اجابه الخادم قائلًا:

إنه رجلٌ فقير يعيش في غرفةٍ فوق سطح أحد المنازل بمنطقةٍ عشوائية، وحين سألت الجيران عنه عرفت بأنه يعمل باليومية ولديه ابنه وحيدة في التاسعة عشر من عمرها، قد أصابها مرض

السرطان منذ ثلاثة اشهر؛ فاقترض لأجل ذلك المال من الكثيرين و صرفه عليها لكنها لم تُشفى بعد ولا يوجد أحد يريد أن يقرضه المزيد من المال، لأنه لم يسدد أيٍ من ديونه بعد.

قام الشيخ مختار من مكانه وأخبر الخادم أن ينتظر قليلًا ثم صعد إلى غرفته بالأعلى.

بعد عشرة دقائق رأيته ينزل من غرفته حاملًا بيده كيس به مبلغ كبير من المال، اتجه نحو الخادم ثم أعطاه له قائلًا:

تأخذ هذا المال وتذهب به ليلًا إلى مسكن هذا الرجل، ثم تضعه أمام الباب وتطرق الباب وتختفى فورًا؛ ليفتح الباب ويجد المال أمامه دون أن يعلم من أين أتى؟.

استغرب الخادم وسأله مندهشًا:

أُعذرني يا شيخ، ولكن لماذا لم توافق أن تقرضه المال والآن ستعطيه له بلا مقابل، دون أن يُرجعه لك؟!

ولما لا تريده أن يعلم بأنك تساعده؟!

وضع الشيخ يده مربتًا على كتف الخادم وهو يقول:

لو أنني ساعدتُ كل إنسانٍ يطلبُ مساعدتي، سينتشر هذا الأمر بين الناس؛ فسيمجدونني ويعظمون من شأني، سيشكرونني كثيرًا، وربما ينسوا أن يشكروا الله الذي أنا أعطيهم مما أعطاني هو، وأكرمهم مما أكرمني به،

أما هكذا فهم لن يعلموا من الذي يعطيهم حين تصلهم المساعدات؛ فسينظرون إلى السماء ويشكرون الله كثيرًا، وهو بالفعل من يستحق الشكر وليس أنا؛ فيزداد الناس بذلك إيمانًا بالله وتقربًا منه.

عاد الخادم وسأله مرة أُخرى:

لكن الناس هكذا سيرونك متجبر قاسي القلب، إذ أنك ترفض مساعدة الناس في العلن، فكل ما يظهر أمامهم أنك أناني ولا تشعر بأحد!؟

فأجاب بكل هدوءٍ:

نظرة الناس لا تهمني في هذا الشأن؛ فإذا فعلت الخير أفعله طالبًا الجزاء عليه من الله لا البشر، أما البشر سواء كنت طيبًا أو كنت شريرًا؛ فلن يرحموك من أحكامهم على أي حال!

أزلتُ القناع عن وجهي فرأيت صديقي المجهول يقف امامي ثم بدأ يتحدث قائلًا:

كان ينبغي عليك ألا تحكم على الرجل قبل أن تُكمل المشهد، لا تتسرع ولا تحكم على الناس من الأساس؛ فهناك أمور لا نعرفها عن كل أمرٍ نظن بأننا نعرفه خير المعرفة.

مرة أخرى وأخيرة أخرج قناعًا جديد وقدمه لي قائلًا: إرتدي هذا وشاهد، هذه المرة سترى شخص أنت تعرفه جيدًا.

كنتُ مرهقًا من كثرة الصدمات، ولكنه أثار فضولي فمددت يدي وارتديت القناع فرأيت:

شارعًا رئيسي به الكثير من المحلات الفخمة والأماكن السكنية، وسط كل هذا يوجد ملهى ليلي من تلك الأماكن سيئة السمعة، حيث تتم بالداخل الكثير من أشكال الرزيلة والأفعال المنبوذة أخلاقيًا، كان المشهد عاديًا بالنسبة لي؛ فأنا أعلم من قبل بوجود مثل هذه الأماكن في بلادنا، لكن الصدمة كانت بعد دقائق حين رأيتُ سيارة "أسامة" زميلي بالعمل، ذلك الشاب المعروف عنه حسن السيرة بيننا، الذي يشهد الجميع بأخلاقه وتدينه الشديد، رأيته ينزل من السيارة بعد أن توقف بها أمام هذا المكان ثم دخل مسرعًا إلى

الداخل وكأنه كان يخشى أن يراه أحد وهو يدخل إلى هذا المكان الذي لا يجتمع فيه سوى الزنادقة والمنحلون.

بقى بالداخل ما يقرب من ساعةٍ ونصف، ثم خرج ومعه شخصٌ آخر كان ذلك الآخر يستند على أسامة ولا يقوى على المشي وحده؛ يبدو أنه شرب الكثير من الخمر بالداخل حتى ذهبت بقوته!

مشيا معًا حتى وصلا إلى السيارة، أدخل أسامة صديقه بها ثم صعد هو وانطلقا بالسيارة.

أزلتُ القناع عن وجهي مسرعًا وأنا أصيح في غضبٍ:

لا أصدق أن هذا هو صديقنا المتدين ذو الأخلاق!

كيف استطاع هذا الحقير أن يخدع الجميع بأخلاقه، وهي أخلاقٌ رثة، يمثل على الناس في النهار حيث يذهب إلى الصلاة، وبالليل يذهب مستترًا في الظلام إلى تلك الأماكن المشبوهة!

أنا ما عدتُ أثق بأحد بعد الذي رأيته هذا.

فابتسم لي صديقي، ثم أعطاني قناعًا آخر قائلًا:

حسنًا لتُكمل مشاهدة المشهد من هنا.

ارتديت القناع فشاهدتُ: أسامة يقف في غرفة منزله مع رجل يمسك سماعة بيده، يبدو أنه طبيب، وصديقه هذا الذي خرج معه من الملهى ملقى على السرير أمامهم فاقدٌ للوعي.

بدأ الطبيب في الكشف عليه وبعد أن انتهى اتجه إلى أسامة سائلًا:

أخبرني ما حدث له بالتفصيل؟

بدأ أسامة في السرد قائلًا:

كنت اجلس في المنزل بعد أن انتهيت من عملي، حتى وجدتُ اتصالًا منه على هاتفي فأجبته، كان صوته مرهقًا جدًا أخبرني أنه شرب الكثير من المشروبات الكحولية حتى كادت أن تقتله ولا يستطيع التحرك من مكانه وأخذ يستنجد بي كي أذهب لأنقذه، وهو يعلم أنني لا أدخل إلى هذه الأماكن قط

لكنني كنتُ أمله الوحيد وهو صديقي فلم أستطيع أن أخذله، أو أتركه هكذا؛ فذهبتُ إليه مسرعًا وأعدته إلى هنا لم يكن فاقدًا للوعي تمامًا حتى وصلنا إلى هنا، فوقع هكذا دون حراك!

هزَّ الطبيب رأسه متفهمًا للأمر وهو يقول:

إنك نِعمَ الصديق والحمد لله إنك وصلت إليه في الوقت المناسب، فهو مصاب بتسمم كحولي، سأكتب لك بعض المحاليل والحقن ستحضرها وتعطيها له، وإن شاء الله سيكون بخير، وحين يفيق اخبره بألا يعود إلى تلك الأفعال مرةً أخرى وإلا أهلكته!

أزلت القناع عن وجهي فوجدت صديقي المجهول يقول:

هل رأيت بأنك دومًا ما تتسرع في إصدار الأحكام على الناس؟!

ها هو صديقك الذي كنت تنعته بالحقير الزنديق كان يفعل الخير ويلبي نداء الصداقة دون أن يأبه إلى شكله وسمعته، إذا رآه أحدٌ مثلك وأصدر عليه الأحكام.

ثم وقف من على مقعده ناظرًا لي وقال:

الآن انتهت رحلتك معي، لقد جعلتك تشاهد بعض المشاهد من تلك التي تحدث دومًا حولك، ولكن من زاويةٍ أخرى لم ترها ولم تنتبه لها من قبل، ولتعلم جيدًا بأن كل ما رأيته لا يعد شيئًا؛ فهناك الكثير والكثير من الأشياء التي تظنها حقيقة عند رؤيتها للمرة

الأولى، لكنها في الواقع ليست سوى شُبُهاتٍ مزيفة، وهناك أشياءٌ تبدو لك حقيرة، وهي في الواقع عظيمة جدًا!

هناك أيضًا أشياءٌ تبدو لك جيدة، بينما تبدو ملعونة لإنسانٍ آخر يراها من زاويةٍ أخرى غير تلك التي ترى منها؛ فالراعي إنسانٌ جيد في نظر القطيع، ولكنه مجرمًا بالنسبة لذاك الخروف المذبوح!

كذلك لا ينبغي عليك أن تصدق جموع الناس إذا رأيتهم يتفقون على شيء ما بأنه صواب، ولا تتبعهم أيضًا إذا رأيتهم يلعنون شيء ما لأنه خاطئ أو شريرًا، أنت لا تعلم إن كانوا محقين في تصديقهم للأشياء أو كفرهم بها؛ فنسبية الحقيقة جعلت لكل كذبةٍ جمعٌ من الناس يؤمن بصدقها ويدافع عنها، ولكل خرافةٍ مُصدقين لها، كما أنها جعلت أيضًا لكل حقيقة جمعٌ من الناس يهاجمونها ويتهمونها بالزيف!

احترس يا صديقي أن تقع في فخاخ تلك الأشياء النسبية، وتلك الأشياء التي لا تعلم وجهها الآخر؛ فتدافع عما تظنه خيرٌ وحق، ويكون هو في الباطن باطلٌ وشرير، أو تهاجم ما تظنه شرٌ وسوء، وهو في الباطن طيبٌ وحميد.

كانت كلمات صديقي المجهول تهزُني من الداخل فجميعها صادقة وحقيقية، حفظت تلك الكلمات في قلبي حتى أعمل بها ما تبقى من حياتي.

ثم سمعتُ صوت الباب يُفتَح مرةً أخرى فهممت بالمشي لأخرج من هذا المكان، وحين وصلتُ إلى الباب استدرتُ نحو صديقي المجهول ثانيةً وسألته:

لكنك لم تخبرني من أنت يا صديقي؟!

فأجابني قائلًا:

أنا الذي لا تعلمون بوجوده أيها البشر، تظنون بأنكم تعرفون كل شيء عن الأشياء من حولكم، لكن أنا هو الجزء الذي لا تعرفونه أنا هو الوجه الآخر لكل شيء!

ثم تبخر فجأة من أمامي وخرجتُ من هذا المكان بعد رحلةٍ قصيرة كشفت لي الكثير والكثير من الأشياء التي كنت غافلًا عنها.

حروف سوداء

لا تقلق يا عزيزي الإنسان، أريد أن أطمئنك وأخبرك أنه سيأتي ذاك الغد الذي نخشاه اليوم، وسنلتقي بذاك القدر الذي لطالما حاولنا الهروب منه، فلابد للإنسان أن يلتقي بمخاوفه ذات يوم ومهما تأخر الظلام، لابد له أن يأتي ويسيطر على كل شيء في النهاية، هذا ما سيحدث رغم محاولاتنا للهروب منه!

إن من أسوأ الأشياء بل وأشدها بؤسًا، هي أن يلتقي الإنسان بتوقعاته السوداء عن المستقبل هنا على أرض الواقع، فيجد نفسه يعيش مع ما كان يخشاه طوال حياته، ويعانق ذلك الواقع الأليم الذي كان يبتعد عنه كل يوم!

نحو الحزن

كل الأشياء ستؤذينا لا مفر من الألم، سيبقى العذاب سائدًا حتى النهاية، وإن لم نجد ما يؤذينا سنتحول نحن بذوات أنفسنا إلى كائنات تؤذي نفسها؛ لتتعذب بمرارة الألم حتى نهاية حياتها!

لا تتعجبوا من كلماتي؛ فالإنسان بطبعه يميل للكآبة دون شعور، أنظر إليه ستجده يتعامل مع مشاعر الفرحة على أنها زائلة ومؤقته، فيحزن في وقت فرحه كثيرًا؛ إذ هو على يقين بأن الفرح هذا سيذهب مسرعًا، ليحل محله اليأس والعذاب!

وعلى النقيض تمامًا تجد الإنسان يتعامل مع مشاعر الحزن على أنها دائمة وباقية؛ فيزداد على أحزانه حزنًا جديد!

الأمل

والنار يا عزيزي مهما اشتعلت لابد لها أن تهدأ وتنخمد وتنطفئ ذات وقت، كذلك الأمل بقلبك الساذج سيبدأ متوهجًا مشعشعًا، لكنه سرعان ما سيبدأ في الانخفاض يومًا بعد يوم، حتى ينطفئ في النهاية، وتدرك بأن حياتك قد تجردت من معانيها، وليس هنالك ما هو أسوأ من أن تعيش حياةً بلا معنى!

ممقوتٌ هو صاحب الحق

بالحق عظيم هو الإنسان الذي يصل إلى المعرفة ويُدرك كثيرًا، ومعذبٌ جدًا في الوقت ذاته، وممقوتٌ هو ذاك الذي يفكر ويجهر بأفكاره في مجتمع تُحارب فيه الحقيقة وتغتصب ولا يُعترف فيه سوى بالجهل والسخافات.

طريق المشقة

في طريق المشقة نسير

لا نعلم كيف النهاية؟

هلاكنا واحد لن يفرق بين الأول والأخير

نفقد طاقتنا كلما خطونا للأمام

تثقل الأحمال وما زلنا نرتشف الكأس المرير

نلتقي باليأس فيخبرنا، أفتح عينيك؛ لتدرك الظلام حولك، لا تكن مثلهم ضرير، لا تكن أحمق يتوهم الأمل في مستقبلٍ، قد كتب علينا فيه بئس المصير!

لا مفر من العذاب

أُنظر حولك أيها الإنسان

هؤلاء هم الناس الذين مازالوا يخبرونا بأن القادم أفضل، هؤلاء من يخبرونا بأن الواقع لابد أن يتغير للأفضل، لم تعش نفوسهم يومًا واحدًا من ذلك الأفضل الذي ينتظرونه!

وهؤلاء هم الذين يصدقونهم ويتحلون بالأمل في حياةٍ ليس فيها إلا الألم!

جميعهم ليسوا إلا ضالين يتبعون مُضلّلين: كقطيعٍ من الغنم يُساقون إلى الذبح، اللاحقون يرون السابقين لهم يُذبَحون وتُهتك حياتهم، وما زالوا يسيرون بنفس الطريق، يتوقعون نهايةً مختلفة، واهمين بوجود حياة في مكانٍ لا يرون فيه سوي اغتصاب الحيوات!

سذاجة الإنسان

يقولون إن الإنسان إذا وقع في نفس الخطأ أكثر من مرة فإنه في الغالب سيتعلم من أخطائه هذه، كما يقولون إن الإنسان إذا فعل شيئًا وكان ضارًا له فهو في الغالب لن يكرره مجددًا.

لكنني أرى أنه أحيانًا حين نسقط في نفس المستنقع مرتين؛ نألف طعم القذارة، بل أحيانًا ندمن على القذارة ونذهب لنُلقي بأنفسنا في ذاك المستنقع الذي يدمرنا!

فكم من ساذجٍ ذهب ليبحث عن الراحة في موطن الآلام الوحيد!

بالحق إن الحماقة قد تدفع الإنسان للغوص في المستنقعات مصورةٌ له أن هنالك حياة صحية وسط تلك البيئة الملوثة!

الحماقة

لا تستعجب إذا وجدت من يؤذيك باسمًا في وجهك، يتحدث معك بكل براءةٍ، لا يكترث لما لاقيت من حماقاته المؤذية، ولا يظن بأنه أخطأ أو إقترب من الخطأ؛ فالإنسان الشرير يفعل الشر عن وعي، بينما الأحمق يدمر حياة الناس وهو لا يدري بفعلته من الأساس!

فالويل كل الويل للإنسان من حماقة أخيه الإنسان، إذا كان هناك ما هو أسوأ من الشر، بالتأكيد ستكون الحماقة!

نفسك وحدها

وزمانٍ فيه كل ذا خُلقٍ مُحقر، وأبناء الوقاحةِ يُكرّمون، وكل ناطقٌ بالحق مُكفَّرٌ، وأصحاب الكذبِ مُقدسون، أبعد عن كل منافقٍ، وخُذ من نَفسِك فيه صديقة، فهي الوحيدةُ ترعاك، وهي وحدها لن تخون.

شجاعة التغيير

إن الإنسان بالفطرة يميل إلى البعد عن كل ما هو جديدٌ وغير معتاد، فتجده يخشى أن يتخذ قرارًا من شأنه تغيير الواقع خوفًا من الغوص في واقع جديد، تجده يخشى أن يفلت يده من حبل الشوك الممسك به خوفًا من فقدان الألم، فيبقى هكذا مرتكبًا للحماقات مرة تلو الأخرى، ثم ينتظر حدوث المعجزة؛ كي تصلح ما أفسده إذ هو غير قادر على مواجهة أي شيء غير مألوف!

لكن لا يمكن أن يستمر الإنسان في مخاوفه من التغيير، لابد أن تأتى ساعة يستجمع فيها كل شجاعته؛ ليأخذ القرار، ذلك القرار الذي كان يخشى أن يأخذه خوفًا من العواقب، ذلك القرار الذي لطالما تأكد أنه المنقذ الوحيد، ولكنه يخشى الألم، فلابد للإنسان أن تأتي عليه تلك الساعة، ليسحق فيها كل مخاوفه ويلتقي بالألم الذي لابد منه، إنه ألم الاستشفاء الذي تعقبه الراحة، فنكتشف حينها أن ما كنا نخشى فعله هو ما يجب علينا أن نفعله، وذلك الطريق الذى خشينا السير به، هو الطريق الوحيد الذي أنقذنا من هلاكٍ قريب!

كذب النفس

تأمل الناس من حولك يا صديقي، جميعهم كاذبون، يكذبون على أنفسهم، الأجواء في الخارج تبدو مبهجة، الناس بالفعل تفرح، لا إنهم فقط يدعون الفرحة، يحاولون الكذب على شعورهم الحقيقي بالكآبة؛ فيستدعون شعورًا مزيفًا بالسعادة خاليًا من مظاهر البهجة الحقيقية؛ حتى يكون مخدرًا لا يلتقون فيه بالواقع، فلو صارحوا أنفسهم بحقيقة واقعهم وصدق شعورهم، لماتوا من حسرتهم على ذلك الواقع الذي يعيشونه!

حياة قاسية

تحليتُ بالأمل ذات يومٍ، ووقفتُ كالساذج أمام الحياة، أخبرها بأنني سأصمد بوجه مصائبها، وأنني سأنتصر عليها بالتأكيد وسأقاوم ولن أنهار.

فوجدتُ الحياة تبتسم لي بمكرٍ قائلة: أصمد وادع القوة كثيرًا، تحداني وأستمتع بتمثيلك، لكن أعلم جيدًا أنه لابد لكَ من الانهيار، فحتى الجبال ستنهار ذات يومٍ أيها المغفل!

الفهرس